Este libro de cuentos de miedo está dedicado a los que
por aquel entonces fueron mi inspiración:

Anaís, la experta bailarina hawaiana.
Garlós, el monstruo de las rosquillas.
Nubar, para quien el tigre pertenecía a la especie de los mininos.
Ángel, el infatigable constructor de cabañas.
Siranush, la especialista arreglalotodo.
Yermoné, mi experta en preguntas imposibles.
Eugenia, la que sólo conocía el color «oscurito».
Santiago, el catador de recetas ponzoñosas.

Dirección editorial: M.ª Jesús Díaz
Textos: Lorena Marín
Corrección: Equipo Todolibro
Ilustraciones: Pilar Campos
Maquetación: Andrés Castillo
Diseño de cubierta: Sara Boix- Equipo Todolibro

C/ Campezo, 13 - 28022 Madrid
Tel.: 91 3009115 - Fax: 91 3009110
www.todolibro.es
D.L.:M-22226-MMXIV

CUENTOS DE MIEDO PARA LEER EN HALLOWEEN

Lorena Marín - Pilar Campos

PRÓLOGO

¡Qué contenta estoy! Por fin, amigos míos, podréis leer unos cuentos escalofriantes. Como los que a mí me gustan. Llevo esperando mucho tiempo para que la editorial publique las historias de mis primas, las brujas. Y cómo no, una historia sobre unas antiguas amigas mías ogresas. Ya sabéis que antes, en otros tiempos, cuando vivía en los libros, fui bruja. Pero un día me harté y decidí salir de los cuentos y dedicarme a escribir y a contar historias de miedo.

Soy la bruja Cuentitis. Desde que he dejado de echar maleficios y fastidiar a la gente me encuentro mejor. Ya no como babosas, ni tengo a sapos y culebras como mascotas. Pero siempre se añora un poco la vida pasada y por eso disfruto leyendo los cuentos de miedo, sobre todo si hablan de fantasmas y vampiros. Me encantan los dibujos de Pili Campos. Yo no sé ni pintar ni dibujar, aunque recuerdo que una vez intenté hacer el retrato de mi gato Draculino y se vio tan feo cuando vio el dibujo que el pobre animal salió disparado con los pelos erizados. Tardó tres días en volver a casa.

Tuve que quemar el cuadro en una gran hoguera y chamusqué mi escoba voladora sin querer.

Pues... lo que os decía, que mejor me dedico a narrar historias. Un día le pediré a mi amiga Pili Campos que haga el retrato de Draculino. Espero que la editorial lo ponga en la portada de mi próximo libro.

Bueno, chicos y chicas, hasta pronto. ¡Que disfrutéis de la lectura!

Bruja Cuentitis

EL MONSTRUO DE LAS CORTINAS

Los padres de Juan debían viajar a menudo por motivos de trabajo y el niño de ocho años tenía que pasar parte de sus vacaciones en casa de sus abuelos. Éstos vivían en un antiguo caserón a las afueras de un pequeño pueblo.

—¿Desde cuándo vivís aquí? —le preguntó una mañana a su abuela.

—Desde siempre, esta casa perteneció a mis bisabuelos.

—¡Hala! Entonces es más vieja que tú —contestó el chaval.

El chico se pasaba el día recorriéndola de arriba abajo buscando nuevos escondites. El cuarto de Juan era grande y tenía una cama muy mullida. Lo único que le disgustaba eran las cortinas adamascadas de su dormitorio.

Por la noche en la oscuridad, sus dibujos parecían cobrar vida y creaban formas extrañas.

—Abuelo, ¿tú crees en los monstruos? —le soltó de sopetón un día al anciano.

—Claro que sí, y si te soy sincero he visto más de uno en mi vida.

—¿Ah, sí?

El niño se quedó con la boca abierta de estupor.

—Cuéntamelo —pidió.

El hombre le contaba entonces unos cuentos donde monstruos y brujas se peleaban por ser los protagonistas de las aventuras. A Juan le encantaban estas historias y todas las noches se dormía con los relatos de su abuelo.

Una noche, Juan se despertó sobresaltado.

—¡Ñak! ¡Ñak! ¡Ñak!

Había oído algo. ¿Estaría soñando? Encendió la luz y comprobó que estaba completamente solo. Cerró los ojos e intentó dormirse de nuevo.

—¡Ji, ji, ji, ju, ju, ju!

Esta vez, estaba seguro de no estar soñando. Había alguien en el cuarto y se estaba riendo. Un sudor frío le recorrió la espalda.

—¿Quién hay ahí? —preguntó con voz temblorosa.

Las sombras de la noche le ponían los pelos de punta. De pronto las cortinas empezaron a moverse. Juan se agarró a la manta y se tapó la cabeza.

—¡Ñak! ¡Ñak! ¡Ñak!

La voz sonó aún más fuerte. El niño bajó un poco la manta y miró justo por encima del embozo.

La luz de la mesita de noche no alcanzaba a alumbrar las cortinas. En la oscuridad, dos lucecitas rojas brillaban entre los pliegues. Juan temblaba y no podía articular palabra alguna.

De pronto asomaron dos manos peludas, les siguió una enorme cabeza con dos orejas puntiagudas. Tenía nariz de cerdo y la boca mostraba unos dientes grandes y afilados.

—¡SOCORRO! —gritó el chico—. ¡No me comas, por favor! Llamaré a mi abuelo.

El monstruo pareció entenderle y desapareció entre los estampados.

Cuando los temblores de su cuerpo se calmaron, Juan corrió hacia la ventana. Alargó una mano temblorosa y abrió de golpe las cortinas. No había nadie. Sin embargo, entre los dibujos florales se había quedado la marca de una extraña silueta. El monstruo se había esfumado.

Por la mañana, mientras desayunaba, cogió lápiz y papel y se puso a dibujar.

Su abuela al ver el retrato soltó un grito.

—¿Dónde has visto esa alimaña?

—Si te lo cuento, no me vas a creer —contestó su nieto.

—Sí que lo haré, pero dime la verdad, por favor —pidió la anciana.

Cuando Juan terminó el relato, la pobre mujer se quedó sentada en la silla con la mirada perdida.

—¿Qué pasa, abuela? —preguntó el niño angustiado.

—Cuando era niña, una vez recibí la visita de ese monstruo. Yo dormía en la misma habitación que tú. Apareció entre las cortinas y me asusté muchísimo. Grité y me escondí debajo de las sábanas. Mis padres llegaron alertados por mis chillidos, pero él ya no estaba allí. Nadie me creyó. Te aseguro que nunca he llegado a olvidar esa cara tan espantosa. Al cabo de los años, pensé que todo había sido una broma de mi imaginación.

—Pues existe, yo lo he visto —aclaró el chiquillo—. Creo que ese monstruo quiere raptarme y llevarme a su guarida; a lo mejor es para darme de comer a sus hijos.

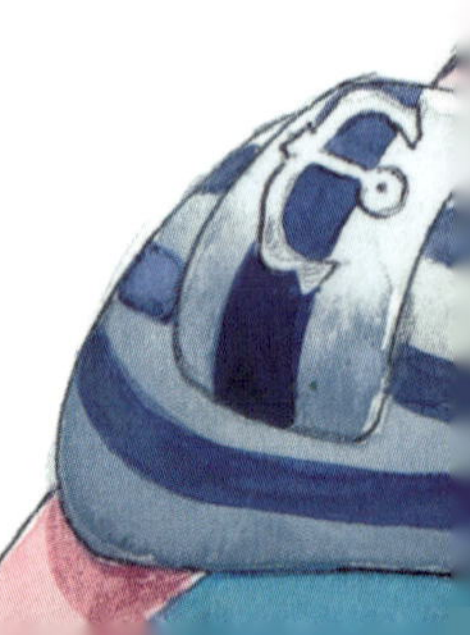

—¿Y cómo entra? Por la ventana, imposible, está cerrada —preguntó la mujer.

—Yo creo que tiene algo que ver con las cortinas —dijo Juan—, ¿puede que los estampados sean una especie de puerta mágica por donde se cuela el monstruo? A lo mejor si las quitamos, el bicho desaparece para siempre.

—Buena idea —comentó su abuela—, ¡vamos!

Descolgaron las horribles cortinas y pusieron unos vaporosos visillos blancos en su lugar.

—Ahora ya no podrá esconderse entre los floripondios —rió Juan.

El niño disfrutó de lo lindo el resto de las vacaciones y nunca más tuvo apariciones. Su abuela regaló los cortinajes a un viejo buhonero que pasaba de vez en cuando por el barrio.

Ayer, leí en el periódico que una niña pequeña, después de que su madre comprara en un mercadillo unas antiguas cortinas adamascadas, juró haber visto un terrorífico ser con nariz de cerdo escondido entre los pliegues de los paños.

Y colorín colorado, esta historia aún no ha acabado.

LA VIEJA DEL BOSQUE

Érase una vez una pobre vieja que vivía en un bosque frío y oscuro. Su cabaña se encontraba justo en mitad de la espesura. La vieja se dedicaba a recoger haces de leña para venderlos luego por los mercadillos.

Belladona
Atropa baetica

Conocía mejor que nadie los secretos de las hierbas medicinales y de las plantas y, a veces, la gente acudía a su casa para pedirle remedios contra el dolor de barriga o para espantar el mal de ojo.

Tenía fama de huraña y los niños no se atrevían a acercarse a ella. La pobre tenía una gran verruga negra que la afeaba horriblemente. Se vestía con viejos trapos negros y con su nariz ganchuda parecía un cuervo.

Los que más la temían eran precisamente aquellos que la visitaban en secreto para pedirle pócimas milagrosas.

—¡Corred! —gritaban los chavales—. Se acerca la vieja del bosque.

A veces le tiraban piedras y se mofaban de ella. Si alguna desgracia caía sobre el pueblo o si algún animal moría de repente, la culpa siempre era de la pobre mujer.

—Un día la vi mirando de reojo al gato del zapatero y al día siguiente lo atropelló un carro —comentaba una cotilla.

—Yo también me crucé con ella el otro día y fijaos cómo llueve sin parar desde hace una semana —susurraba otra persona.

La vieja suspiraba y seguía su camino con resignación.

En una ocasión, encontró a su gato negro moribundo delante de la casa. Alguien había querido matarlo, pero gracias a Dios no lo consiguió. Necesitó muchos emplastos de hierba y un poco de baba de sapo para sanarlo.

Los sapos vivían en una charca cerca de la cabaña de la vieja. A ella le gustaba oír de noche el croar.

La mujer decidió vender sus hierbajos y la leña en otra comarca donde nadie la conociera. Como tenía por delante varios días de marcha, metió a su gato en un cesto, cerró la casa con llave, se colocó el sombrero puntiagudo y cogió una vieja escoba para apoyarse durante la larga caminata.

Mientras cruzaba un campo de maíz, oyó un leve graznido. Descubrió un cuervo malherido entre las mazorcas. Tenía un ala partida. La mujer lo tomó en sus manos ganchudas con cuidado. Le vendó el ala y se lo llevó también.

A duras penas conseguía vender su mercancía. Por donde pasaba levantaba recelos y sospechas.

Su madre le había puesto por nombre Morgana, que había sido una mujer muy conocedora de la naturaleza y con un gran poder, que vivió en los tiempos del mago Merlín.

Morgana regresó a casa con el cuervo posado en su hombro, el ave se había acostumbrado a su sanadora.

Una vez en la que ocurrió una terrible desgracia en los pueblos de los alrededores por la que la gente enfermaba y padecía unos terribles síntomas, la culparon de provocar todos los males y la acusaron de brujería.

—¡BRUJA, BRUJA! —le gritaban.

El gran consejo de sabios se reunió y decidió quemarla en la hoguera.

Una muchacha llamada Clara, a la que Morgana había curado de un feo forúnculo y a la que había aconsejado sobre qué muchacho era el adecuado para ella, decidió ayudarla.

Corrió hasta la cabaña de Morgana y la puso al corriente.

—¡Debes escapar o arderás en la plaza del pueblo!

La vieja sabía que no serviría de nada huir. Allá por donde iba era siempre mal recibida.

Dio las gracias a Clara y se fue a lo más profundo del bosque en busca de una solución.

Tres días después regresó al pueblo. Todos la rodearon dispuestos a detenerla.

Morgana, antes de ser apaleada, pidió como último deseo preparar una infusión. El brebaje sería el remedio contra los espantosos males que padecían los lugareños, pero nadie quiso tomar la pócima pensando que los iba a envenenar.

Clara explicó que se estaban muriendo de todas formas, y para probar la buena fe de la vieja, se bebió de un trago su dosis. A los pocos minutos, las pústulas que cubrían los brazos de la chica empezaron a desaparecer.

Todos, grandes y pequeños, se abalanzaron sobre el medicamento y Morgana necesitó varios viajes a lo más profundo del bosque para poder hacer suficiente cantidad y sanar a todos los enfermos.

La historia no dice si a partir de aquel día ya no la tomaron por bruja, lo que sí se sabe es que las apariencias engañan.

Y colorín colorado, este cuento se ha acabado.

LAS BRUJAS ROCKERAS DE SALEM

En el pueblo de Campos del Mago, Felipe, Lea y Sergio, tres amigos del colegio San Blas, están merendando en casa de Lea mientras barajan posibilidades de disfraces para la noche de Halloween. Desde luego, ella irá de bruja. A Felipe le apetece ponerse unos afilados dientes de vampiro, pero necesita una capa negra y Sergio duda entre un lívido fantasma o una momia.

—¿A quién creéis que traerán este año para amenizar la fiesta? —pregunta Lea.

—Seguro que tendremos el mismo payaso aburrido de cada año —suspira Sergio.

—Cómo me gustaría estar en el instituto; mi hermano me contó que el año pasado bailaron hasta las tres de la mañana con un grupo de música bestial —explica Felipe—, pero para nosotros sólo contratan actividades de críos.

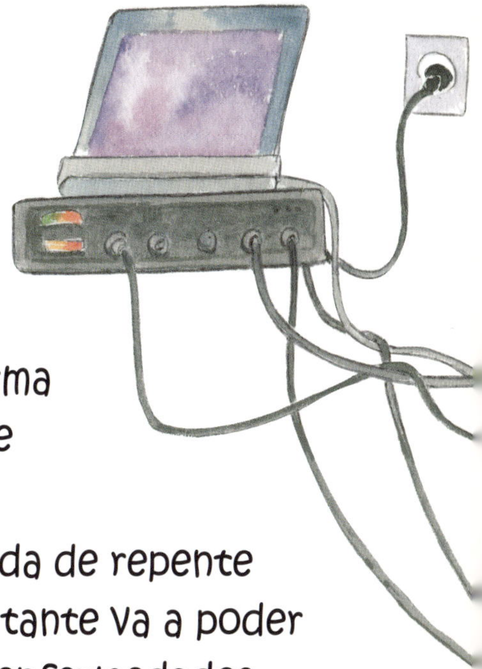

Los tres amigos se despiden, no sin antes quedar al día siguiente, víspera de Todos los Santos, en la entrada del colegio.

—¡Estamos apañadas! —grita Paula, que forma parte del grupo musical «Las Brujas Rockeras de Salem».

—Esta tarde es el concierto y María se queda de repente afónica y, sorprendentemente, ninguna otra cantante va a poder suplirla por padecer también extrañas y súbitas enfermedades.

Mientras discuten buscando solución al problema, suena el teléfono.

Cristina contesta y mira a sus compañeras con cara de asombro.

—¡No os lo vais a creer! Tenemos una sustituta y dice que va a subir ahora mismo para hacer una prueba.

Unos segundos más tarde suena el timbre de la puerta. Una muchacha alta, con un pelo negro azabache que le llega hasta las caderas, las mira con ojos increíblemente verdes esmeralda.

—Me llamo Morgana —se presenta con voz profunda.

Las chicas no saben cómo reaccionar ante estos insólitos acontecimientos.

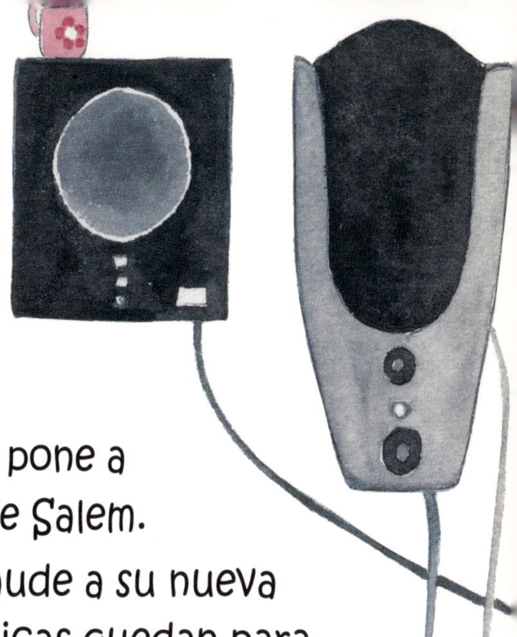

—No os preocupéis —les tranquiliza la recién llegada—, conozco de memoria todas vuestras canciones.

Sin esperar respuesta alguna, Morgana se pone a cantar el repertorio de Las Brujas Rockeras de Salem.

Incluso María, la vocalista del grupo, aplaude a su nueva sucesora. Lo ha hecho realmente bien. Las chicas quedan para unas horas después delante del colegio.

Sergio, Lea y Felipe llegan a la fiesta con unos disfraces alucinantes. Felipe lleva puesto un traje de vampiro digno del mismísimo Drácula. Sus blancos colmillos asustan a las niñas más pequeñas.

—¿Qué hacemos? Esto va a ser un aburrimiento como de costumbre —suspira Sergio.

—¿Es que no sabéis que vienen Las Brujas Rockeras de Salem? —se burla Luisita, la hija de la directora del centro.

—¡Qué petarda es la pobre! —suspira Lea—. Cree que lo sabe todo por ser hija de quien es.

Pero se ve que este año las cosas han cambiado; todo el colegio se apresura a coger sitio delante del escenario. El público se impacienta. Parece que las cantantes se retrasan un poco. El espectáculo lleva media hora de retraso y Morgana, la vocalista, aún no ha llegado.

Desesperadas, las chicas deciden tocar sin ella. Un rugido de aplausos les da la bienvenida. Cuando se disponen a empezar se oye como un zumbido al fondo del auditorio. Todas las caras se vuelven y...

—¡OH!

Nadie se esperaba una entrada tan original. Y es que Morgana aparece volando sobre una escoba y lleva un increíble traje de bruja medieval.

—¡Eso sí que mola! —grita Sergio.

«¿Cómo habrán hecho el truco?», se pregunta Lea.

La nueva componente del grupo musical se posa limpiamente en el escenario y deja su escoba detrás de las cortinas. Atrapa el micrófono y se pone a cantar el último éxito del grupo.

El público está entusiasmado y las vitorea una y otra vez. Mientras todo el mundo disfruta del espectáculo, Felipe decide investigar un poco. Se acerca al escenario y mira fijamente a la cantante.

—¿Habéis visto cómo refulgen sus ojos? Es como si despidieran rayos láser, es una bruja de verdad —comenta excitado a sus amigos.

—¿Pero qué dices? Las brujas no existen —contesta Lea.

—Os lo voy a demostrar. ¡Esperadme fuera! —grita Felipe.

Cada vez que Morgana termina una canción, de sus manos sale una nube de humo amarillo. Los alumnos del colegio están exaltados y aplauden como locos.

Felipe aprovecha que el escenario está lleno de humo para deslizarse detrás de las cortinas y robar la escoba; el olor a azufre es un poco fuerte y le hace toser.

—¿Qué os dije?, mirad cómo vibra.

De repente, sin saber muy bien cómo ha ocurrido, los tres amigos se ven montados en la escoba, que se lanza hacia el cielo estrellado a toda velocidad.

—¡AHHH! —gritan espantados.

No pueden bajar. No hay manera de detenerla. La maldita escoba parece obedecer a unas órdenes invisibles que la obligan a subir cada vez más alto. En una de las sacudidas, Lea resbala. Se queda colgando del palo. Su cuerpo se balancea en el vacío. Sus amigos intentan cogerla con una mano, pero no se atreven a soltarse por miedo a caer también. Cuando Lea cree que ya no podrá aguantar más, los chicos consiguen subirla. Los tres están muertos de miedo. La escoba se dirige vertiginosamente hacia el campanario de la iglesia, hace un tirabuzón espeluznante y regresa al patio del colegio. Entra por un ventanal y atraviesa la sala en vuelo rasante ante la atónita mirada del público. Sale por la puerta y aterriza suavemente fuera.

Los chicos han sido víctimas de la cruel voluntad telepática de Morgana. Felipe, aún sacudido por los temblores del susto, regresa al escenario para restituir el maldito trasto.

Su mirada se cruza con los ojos de gato de la cantante. Ésta le ofrece una sonrisa maléfica, luego su boca susurra unas palabras que le ponen la piel de gallina al muchacho: «Mañana y pasado, más».

Atemorizados, no quieren saber nada más de brujas ni asistir a otros conciertos del grupo rockero.

Mientras regresan a su casa, Lea recoge un papel tirado en el suelo, parece un folleto publicitario:

CONCIERTOS DEL GRUPO
«LAS BRUJAS ROCKERAS DE SALEM».

31 DE OCTUBRE, NOCHE DE HALLOWEEN
AUDITORIO DEL COLEGIO SAN BLAS DE CAMPOS DEL MAGO.

1 DE NOVIEMBRE, NOCHE DE TODOS LOS SANTOS
INSTITUTO DE EDUCACIÓN SECUNDARIA DE CAMPOS DEL MAGO

2 DE NOVIEMBRE, FIESTA DE LOS DIFUNTOS
AUDITORIO MUNICIPAL DE CAMPOS DEL MAGO
(NIÑOS DISFRAZADOS, GRATIS)

Los niños gritan despavoridos y salen corriendo cada uno en una dirección.

LOS ESQUELETOS

La vida transcurría tranquila en el pueblo de Mezzopiano. Su cementerio era pequeño y muy bien cuidado. Era conocido porque muchos músicos famosos habían nacido y vivido en Mezzopiano y habían sido enterrados allí

La señorita Arpegio acababa de colocar el jarrón de cristal con unos crisantemos rojos encima de la losa de sus difuntos padres (primer violonchelo y soprano en la orquesta nacional) cuando sintió que un inquietante escalofrío le recorría la espalda hasta la nuca. Se giró, pero no vio nada. El frío le había puesto la carne de gallina, así que decidió volver a casa y tomarse una taza de té bien caliente.

Unos cuantos días más tarde, las hermanas Diapasón regaban los setos que crecían alrededor del panteón familiar, todos componentes de la banda municipal, cuando oyeron una especie de tintineo extraño en mi bemol.

Desde el 22 de noviembre, día de Santa Cecilia, patrona de la música, habían empezado a ocurrir sucesos extraños en el cementerio.

Al cabo de un mes, los fenómenos empeoraron. No quedaba nadie en el pueblo que no hubiera sentido el repentino frío en la espalda o un soplo inhumano en la cara, y todos oían por la noche el constante tintineo. Incluso aparecieron fuegos fatuos entre las tumbas en cuanto caía la oscuridad.

El alcalde mandó llamar a un conocido experto en fenómenos paranormales, el profesor Hoquetus.

Después de oír el relato de los últimos acontecimientos, el profesor declaró que no existían los fantasmas y que

cualquier
suceso extraño tenía
siempre una explicación científica.

Montó una pequeña tienda de campaña en el cementerio y se dispuso a pasar la noche con un gran termo de café caliente.

Apenas el repicar de las campanas de la iglesia dio las dos de la madrugada, cuando el hombre notó un frío espantoso recorrerle el cuerpo, pero siguió tomando notas en un viejo cuaderno de cuero.

«Dos de la mañana, no ocurre nada extraño. El tiempo refresca y...». En ese momento escuchó el famoso tintineo en mi bemol. Se asomó fuera y vio algo que le dejó la sangre helada.

Una docena de esqueletos se movían tranquilamente entre las tumbas. Sus huesos producían el peculiar tintineo al chocar los unos contra los otros.

«¿Cómo habrán hecho el truco? Alguien me está tomando el pelo en este pueblo porque esto no puede ser verdad», se dijo.

ilia Diapasón

Se acercó a los esqueletos para descubrir el engaño. Pasó varias veces la mano a su alrededor buscando los eventuales hilos que tirarían de los huesos.

Pero para su sorpresa e inquietud, no había ningún truco. Todo era real. Sintió un tremendo susto que le puso la carne de gallina por todo el cuerpo. Cuando las calaveras lo miraron fijamente, se quedó paralizado por el miedo. «¿Qué van a hacerme?», se preguntó con sudores fríos recorriéndole el cuerpo.

Cuando estaba a punto de desmayarse, ocurrió algo más sorprendente aún. Los esqueletos le rodearon cogiéndose de la mano y formaron un corro. Se pusieron a dar vueltas moviendo sus mandíbulas pero sin que saliera palabra alguna. Miraban al científico a través de sus órbitas vacías.

El hombre no sabía si le harían daño, pero desde luego el pobre temblaba aterrorizado. Al verlos dar vueltas y vueltas, comprendió que estaban bailando pero no había concierto para animar el extraño baile. Pensó que si se ponía a cantar, quizás le dejarían en paz y empezó a dar palmas con las manos.

Eso pareció gustarles, los cadáveres se tranquilizaron y regresaron a sus tumbas.

Por la mañana, los habitantes de Mezzopiano se acercaron al cementerio para ver lo que había ocurrido. Descubrieron al profesor tirado en el suelo, ojeroso y cantando la misma canción una y otra vez. Estaba al borde de la locura pero dijo que los esqueletos sólo querían escuchar un poco de música.

Explicó entrecortadamente que la solución a sus problemas era la música. Sólo debían tocarla de vez en cuando para mantener a los muertos en sus tumbas.

A partir de aquel día, una o dos veces a la semana, la banda municipal ensayaba delante del cementerio.

El científico dio por terminada su investigación. Se supo que lo último que escribió en su cuaderno antes de ingresar en el psiquiátrico fue «SEGUID TOCANDO, POR FAVOR, SEGUID TOCANDO».

LALA GHULA, LA OGRESA

Érase una vez, en tiempos de Maricastaña, una viuda cuyas seis hijas podían rivalizar entre ellas en belleza y vanidad.

En realidad, la única que no presumía de ser tan guapa era la más pequeña.

La viuda les había enseñado a cada una de ellas una habilidad distinta para que pudieran casarse con hombres ricos y poderosos.

Hortensia

Azucena

La mayor era muy diestra en tejer tela de araña; la segunda podía pintar un retrato sobre el lomo de una pulga; la tercera era capaz de leer los pensamientos de los insectos e influir en sus mentes; a la cuarta no había nota musical, por muy aguda que fuera, que se le resistiera; a la quinta le tocó aprender a cocinar sin alimento alguno.

Violeta

Margarita

La última, sin embargo, no había podido aprender nada de lo que su madre quería. Se pasaba largas horas leyendo. A menudo, sus hermanas se burlaban de ella, despreciándola por ser un simple ratón de biblioteca.

Prímula

Petunia

Cierto día, la viuda recibió una invitación para visitar a su nueva y rica cuñada, mujer de su hermano, que vivía en un antiguo y lúgubre castillo. Se llamaba Lala Ghula. Era una ogresa que, mediante un astuto ardid, había conseguido casarse con un humano.

La buena mujer tenía la esperanza de que su cuñada les presentara un buen partido para cada una de sus hijas casaderas.

Al llegar delante del castillo, todas alabaron lo majestuoso e imponente que era. Sin embargo, a la más pequeña de las hijas se le puso la piel de gallina.

La ogresa medía casi dos metros, su cara era tan grande como un cubo de fregar y sus dientes, puntiagudos como estacas. Su aliento era tan fétido que los pajarillos, al pasar cerca, caían desplomados.

La madre y sus cinco hijas mayores no se daban cuenta del peligro que las acechaba.

—Por desgracia —dijo la ogresa—, vuestro tío ha tenido que ausentarse. Estará fuera un mes.

Cada muchacha eligió la alcoba que más le gustaba. Por la noche, Lala Ghula preparó un festín digno de reyes.

—¡Comed, comed! —susurraba la ogresa, relamiéndose los labios con su larga y rugosa lengua negra.

La malvada tenía intención de engordarlas para zampárselas en unos días junto a unas ogresas vecinas.

Durante la noche la hija pequeña se deslizó hasta el cuarto de su tía para ver si la oía roncar. Había leído que los ogros, cuando duermen, roncan de una manera que se asemeja al rugido de un león. Y efectivamente, su tía Lala Ghula roncaba como el rey de la selva.

Al día siguiente, Petunia, que así se llamaba la más pequeña, se puso a investigar y husmear por todo el castillo.

«Ahora que están todas probándose estrafalarios vestidos de baile, me pondré a buscar algo que pueda desenmascarar a la ogresa», pensaba para sí.

Bajó por unas pronunciadas escaleras que conducían a un oscuro y maloliente pasillo en los sótanos de la mansión.

Llegó delante de una imponente puerta de roble macizo cerrada con llave. Petunia acercó el oído a la puerta porque creyó oír murmullos.

«Parecen lamentaciones. ¿Quién estará encerrado ahí detrás? Tengo que encontrar la llave que abra esta puerta. ¿Dónde escondería yo una llave si fuera Lala Ghula?», se preguntaba.

La niña pensó que una cabeza tan grande como la de su tía sólo podía contener un minúsculo cerebro.

«El mejor sitio para esconder una llave es debajo de un felpudo», se dijo.

Petunia corrió a buscar la llave y volvió a bajar con ella al sótano antes de que la ogresa se diera cuenta.

Cuando abrió la puerta, recibió un golpetazo de olor nauseabundo en plena cara. Ahora no se oían los lamentos.

La habitación se encontraba a oscuras. La niña había tomado la precaución de coger unas cerillas de la cocina. Lo que vio a la luz oscilante de los fósforos la dejó sin habla.

—¡Petunia, Petunia! —sus hermanas la llamaban para que admirara lo hermosas y distinguidas que se veían con sus nuevos trajes.

Petunia subió las escaleras corriendo y se olvidó de poner la llave en su sitio.

—Os he preparado un vino de pétalos de rosas —comentó la ogresa—. Mis amigas vendrán a merendar con nosotras.

Al oír esto, la niña se imaginó lo que iba a ocurrir. Lala Ghula y sus amigas no tardarían en comérselas a todas en cuanto estuvieran dormidas. Estaba segura de que el vino de rosas contenía algún somnífero.

Petunia se escabulló hacia la cocina y buscó la garrafa con el vino. La vació y la llenó con agua de regaliz. Descubrió un tarro de porcelana lleno de semillas de adormidera y rellenó los pastelitos de crema con ellas.

Cuando llegaron las amigas de Lala Ghula, empezó la fiesta.

Cinco gigantas parecidas a la ogresa saltaban y bailaban comiendo vorazmente. El suelo retumbaba bajo los pies de las enormes mujeres.

Al cabo de unas horas, las ogresas empezaron a bostezar y poco a poco fueron cayendo como plomo sobre las alfombras persas del salón.

La viuda y las cinco hermanas de Petunia se quedaron con la boca abierta.

—¿Qué ha pasado? —preguntaron al unísono.

—¿Es que no os habéis dado cuenta de que son ogresas que se comen a las personas? —gritó la niña.

Como nadie la creía y la tomaban por loca, se las llevó al sótano, que estaba lleno de huesos humanos.

—¿Y ahora qué haremos? —preguntaron todas, aterrorizadas.

—Tenemos que irnos; no sé cuánto tiempo estarán dormidas. Cuando se despierten nos perseguirán y, por lo que he leído, corren como el viento.

—¡Pues vayámonos!

Madre e hijas huyeron despavoridas. Estaban aún a medio camino de su casa cuando se despertaron las gigantas. Lala Ghula se dio cuenta de que la llave del sótano no estaba en su sitio. Gritaban y rugían como fieras. Cogieron sus capas y se fueron tras ellas.

Petunia vio que a lo lejos se levantaba una gran polvareda. Eran las ogresas, que venían corriendo.

—Tenemos que escondernos en esta cueva —dijo Petunia.

—Pero nos atraparán —gimieron sus hermanas.

—No, si tú, Hortensia, tejes una tela de araña que tape la entrada de la gruta.

—¿Y cuánto tiempo tendremos que quedarnos aquí escondidas? Nos moriremos de hambre.

—No, si tú, Prímula, guisas un plato sin necesidad de alimentos.

—Y mi hermano, ¿qué habrá sido de él? —lloraba la madre.

—No se preocupe, madre, yo iré a rescatarlo de las garras de Lala Ghula —la tranquilizó Petunia.

Mientras la hermana mayor tejía la tela de araña, Petunia regresó al castillo acompañada de Margarita, la cuarta hermana. Tuvieron que dar un gran rodeo para que las ogresas no las vieran.

Cuando llegaron al castillo se encontraron todas las puertas cerradas a cal y canto. Petunia pidió a su hermana que cantara. Salió un sonido tan agudo que los cristales de las ventanas estallaron en mil pedazos. Entraron por una de ellas y se pusieron a buscar a su tío. Margarita temblaba como una pequeña hoja azotada por un huracán. Sin embargo, Petunia mostraba una valentía inigualable.

—Tío, tío, ¿dónde estás?

Después de varias horas de búsqueda, volvieron al sótano donde Petunia había oído los lamentos. Tantearon en la oscuridad en busca de un doble fondo o una trampilla. Las lamentaciones, que provenían del suelo, resonaron en el silencio. Con asco y repelús las dos chicas apartaron los huesos y se pusieron a cavar. Pronto descubrieron una argolla, tiraron de la trampilla y allí, al fondo, medio muerto de hambre y de miedo, se encontraba su tío.

Petunia escondió a su hermana y a su tío en un bosque cercano. Ella regresó a la cueva donde estaba el resto de su familia.

Antes de salir, encomendó a su hermana Violeta que pidiera a los insectos que atacaran a las ogresas. Éstas no tuvieron bastante con sus enormes brazos y manos para protegerse de ellos.

—Ahora hay que buscar ayuda —explicó la niña.

—¿Cómo?

—Azucena, vas a pedir auxilio escribiéndolo sobre las alas de estas moscas y tú, Violeta, les ordenarás que vuelen hacia el castillo del rey para que nos mande inmediatamente a sus soldados.

Después de organizarlo todo, Petunia se sentó en el suelo, exhausta.

La historia cuenta que el joven príncipe, que tenía una vista muy aguda, descubrió el mensaje de socorro escrito en las alas del enjambre de moscas y mandó a sus tropas al rescate.

Las ogresas tuvieron que huir del país para siempre. Las cinco hermanas de Petunia se fueron casando con gentilhombres de la corte del rey y el mismísimo príncipe pidió la mano de la más pequeña.

Y colorín colorado, este cuento se ha acabado.

LOS DRAGONES

La Comarca del Este llevaba más de un año asustada por un inmenso y terrorífico dragón rojo. Escupía fuego y sus llamas alcanzaban más de cien metros de distancia.

Los pobres habitantes de la Comarca ya no sabían qué hacer para protegerse de sus mortíferos ataques.

Una tarde, después de haber visto con tristeza cómo no regresaba la última patrulla de valientes, decidió que ya no esperaría más.

Metió todas sus herramientas de trabajo y unos botes de pintura en su hatillo y se marchó con su perro. Pasó todo el día escalando una enorme montaña escarpada. Cuando los rayos del sol desaparecieron detrás de la cima, descubrió la cueva del dragón.

No parecía que el bicho se encontrara allí. Seguramente, estaría buscando alguna oveja extraviada para saciar su hambre.

Mauricio, que así se llamaba el carpintero, se escondió dentro de las inmensas raíces de un roble centenario.

Unas pocas horas más tarde apareció volando el monstruoso animal. Era tan imponente que su sombra cubría una superficie como una aldea de grande. La bestia se metió en su guarida para dormir.

El carpintero no había perdido el tiempo durante la caminata. Había recogido muchas ramitas largas y estrechas ayudado por su perro, que se las traía en la boca. Estaba preparando su plan de ataque...

Rayo, su perro, le miraba con cara lastimera y gemía muy bajito.

—No te preocupes, no voy a hacerle daño alguno. Estas ramas no son para prender fuego a la cueva. El animal no es peor que otros. Se rige por su instinto y caza para comer. Lo malo es que es muy grande y hace daño sin querer.

El perro pastor pareció entender a su amo y dejó de gemir.

—Creo que este dragón —continuó Mauricio— se ha perdido. Debería estar viviendo con su familia en el Valle de los Dragones. Me parece que es muy viejo y su olfato ya no funciona muy bien, de lo contrario nos habría descubierto enseguida.

—Te preguntarás qué estoy tramando, ¿verdad, Rayo? Te voy a explicar mi idea: hace mucho, cuando aún era un niño —comenzó el carpintero dirigiéndose a su perro—, mi abuelo me contó que en uno de sus viajes por los lejanos mares, su barco atracó en un insólito país donde la gente tenía los ojos rasgados y los hombres lucían largas trenzas.

»Eran personas pacíficas y de cultura muy distinta a la nuestra. Los niños se entretenían con un bonito pasatiempo. Creaban con varillas de bambú y papel de seda de colores unos artilugios que enganchaban a unas largas cuerdas y, cuando soplaba mucho viento, lanzaban esos artefactos a volar. Los insólitos pájaros se elevaban hacia el cielo, subiendo y subiendo cada vez más alto. Luego flotaban en las alturas navegando sobre las nubes. Los niños tensaban y soltaban a voluntad la cuerda para dirigirlos. El efecto era impresionante. Les daban forma y aspecto de monstruo; los había como preciosas mariposas y otros similares a los dragones que eran el símbolo de la suerte en ese país. Algunos daban mucho miedo, ya que disponían de ojos giratorios, garras y colas móviles.

—He construido unos veinte —siguió explicándole a su perro—. Si trabajo en ello toda la noche, conseguiré fabricar un centenar.

Cuando el alba despuntó, el carpintero, muy cansado, ató todas las cometas con forma de dragón por los arbustos que rodeaban la cueva. En aquel momento, una brisa cada vez más fuerte empezó a levantar los dragones de papel. El cielo se tiñó de monstruos voladores. Los rojizos rayos solares proyectaban las sombras de las cometas sobre la tierra como si fueran animales reptantes. El resultado era sobrecogedor.

Mauricio, escondido, temblaba de miedo ante el efecto que él mismo había creado. Cuando el animal salió, descubrió las sombras móviles serpenteando sobre la tierra.

En ese momento el carpintero cortó las amarras y las cometas se escaparon hacia el horizonte. El dragón, atraído, las siguió en dirección al rojo amanecer.

—¡Mira, las cometas le guían hacia su casa! Bueno, creo que este bicho ya no nos molestará más —suspiró el carpintero aliviado—. Nos merecemos un buen descanso, volvamos al pueblo, tenemos mucho que contar.

Y colorín colorado, este cuento se ha acabado.

LOS GIGANTES

Los gigantes llevaban semanas recorriendo mundo. Traspasaban bosques derribando árboles centenarios y cruzando ríos caudalosos como si fueran riachuelos.

Bebían en la palma de sus enormes manos y se comían los peces que quedaban atrapados en el agua recogida.

Se zampaban rebaños enteros de ovejas
como aperitivo. Los pobres perros pastores huían asustados.

Arrasaban cosechas y huertos dejando a la gente sin comida.

Los pisotones de sus inmensos pies retumbaban en los montes y espantaban a pájaros y demás animalillos. Algún que otro oso gruñía al oír el estruendo y se metía receloso en su cueva. A los lobos se les erizaba el pelo y se escondían con el rabo entre las piernas en sus madrigueras.

La gente en los pueblos huía atemorizada. Se rumoreaba que habían secuestrado niños pequeños para comérselos.

En la aldea de Ciencaminos a nadie se le ocurría cómo combatirlos.

—Moriremos aplastados o devorados —gritaban los niños.

—El peligro se acerca y debemos protegernos —sentenció el alcalde.

—A lo mejor pasan de largo y nos libramos de su furia —comentó el párroco.

—O a lo mejor nos atacan y terminamos en sus barrigas —contestaron las cocineras.

—Que el farmacéutico invente una poción para envenenarlos —propuso el sereno.

—Si prendemos fuego a los campos de trigo que rodean el pueblo, no podrán pasar —dijo el tendero.

—Claro y así los que se salven del ataque morirán de hambre —aclaró el viejo profesor.

—Mejor construimos un altísimo muro para impedir que entren en nuestro pueblo —propuso el albañil.

—Si han saltado montañas, un simple muro no los va a detener —contestó un niño de diez años.

—¿Entonces qué propones, mocoso? —le preguntaron.

—Hay que utilizar la inteligencia y la astucia —les rebatió el chavalillo—. Sabemos que sólo son una docena de malvados gigantes y nosotros somos casi un centenar de personas en esta aldea.

—¿Y qué pretendes con eso? Son mucho más fuertes que todos nosotros juntos —le contestaron los ancianos del lugar.

—Tengo una idea —dijo el chiquillo.

—Está bien, te escuchamos.

La gente del pueblo se pasó la noche preparando el plan que un simple niño había ideado para salvarles de la muerte.

Al llegar el alba, se oyeron los terribles zapatazos de los gigantes acercándose. El suelo retumbaba bajo sus pies. Los perros aullaban y corrían espantados.

Los habitantes se escondieron a la entrada de cada uno de los cien caminos que daban nombre a la villa. Iban cargados de objetos que pudieran hacer mucho ruido. Algunos llevaban campanas; otros, instrumentos musicales, bocinas y todo tipo de cacerolas y sartenes.

En cuanto distinguieron a los doce colosos, se pusieron a hacer ruido con sus cacharros por turno, primero los de un camino y luego los del opuesto.

Los gigantones, atraídos por la barahúnda, fueron corriendo hacia ellos. Pero al adentrarse en alguno de los caminos, el sonido cambiaba de lugar: del norte al sur, del este al oeste, del centro a la periferia… Desconcertados, empezaron a dar tumbos y a golpearse los unos contra los otros sin saber adónde acudir, dándose cabezazos hasta que cayeron al suelo levantando una gran polvareda. El estruendo fue aterrador.

El polvo impedía a los habitantes ver lo que ocurría con los gigantes. Se oyeron espeluznantes gritos de dolor y luego se hizo un silencio sepulcral. Daba muchísimo miedo. Los aldeanos se reagruparon temblando en la plaza del pueblo. Cuando la intensa niebla de polvo se desvaneció, descubrieron a los colosos inconscientes.

Se apresuraron a atarlos antes de que despertaran y entre todos, niños, mujeres y ancianos, colaboraron. Los auparon en doce carretillas tiradas por dos mulas cada una. Las llevaron hasta un bosque cercano y lanzaron a los gigantes a un foso enorme que había allí.

Cuando abrieron los ojos y descubrieron que habían sido vencidos por un puñado de aldeanos, se sintieron avergonzados. Les costó varios días poder salir del foso.

Tan mal lo pasaron, que se fueron muy muy lejos, cabizbajos y con las orejas gachas, para no volver jamás.

Desde aquel día, el chavalillo de diez años fue la persona más grande y más importante para los habitantes de Ciencaminos.

De mayor, se dedicó a perseguir dragones, pero esa historia ya la contaré en otra ocasión.

LA CASA ENCANTADA

El señor y la señora Morales llevaban tiempo buscando casa. La que poseían se les había quedado pequeña ahora que tenían tres hijos. Él estaba leyendo el periódico cuando se topó con un anuncio que llamó su atención:

«Preciosa mansión amueblada de principios del siglo diecinueve. Seis dormitorios. Tres baños modernos. Cocina. Mayordomo. Garaje y piscina. Precio muy económico».

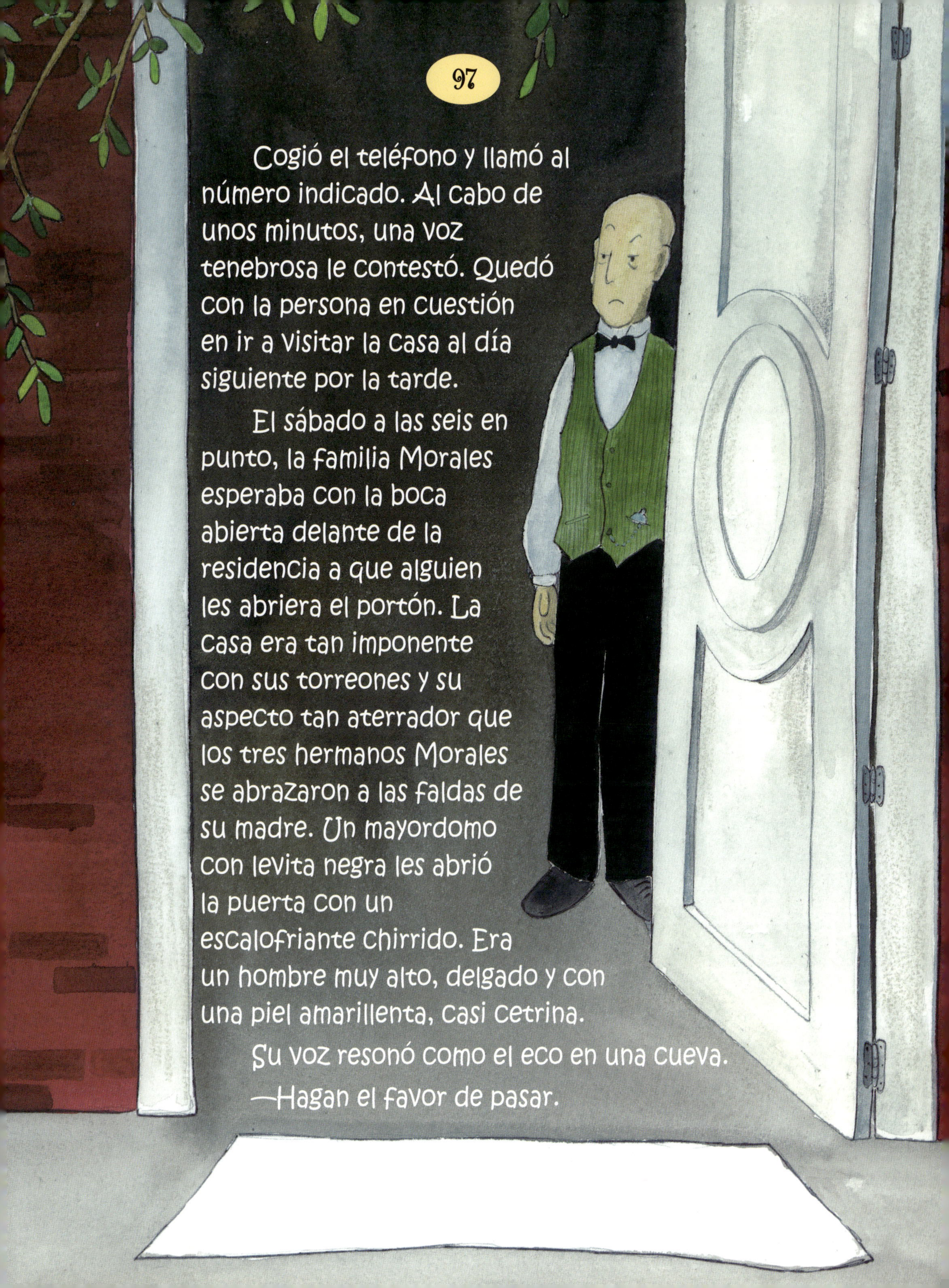

Cogió el teléfono y llamó al número indicado. Al cabo de unos minutos, una voz tenebrosa le contestó. Quedó con la persona en cuestión en ir a visitar la casa al día siguiente por la tarde.

El sábado a las seis en punto, la familia Morales esperaba con la boca abierta delante de la residencia a que alguien les abriera el portón. La casa era tan imponente con sus torreones y su aspecto tan aterrador que los tres hermanos Morales se abrazaron a las faldas de su madre. Un mayordomo con levita negra les abrió la puerta con un escalofriante chirrido. Era un hombre muy alto, delgado y con una piel amarillenta, casi cetrina.

Su voz resonó como el eco en una cueva.

—Hagan el favor de pasar.

En el interior, descubrieron que los muebles eran muy antiguos y desprendían un olor muy intenso como a moho.

—La decoración está un poquito pasada de moda —dijo el señor Morales.

Pero prefirió no hacer más comentarios porque el mayordomo le lanzó una mirada asesina.

El precio del alquiler de la casa era muy bajo y decidieron quedársela. A la semana siguiente ya se habían mudado.

El cuarto de los tres chicos estaba al lado del desván y para ellos eso era una gran aventura. Los padres se alojaban en una amplia habitación presidida por una cama con dosel. Todo en la alcoba era rojo: las cortinas, la tela del dosel, las rosas en el papel pintado de las paredes, la colcha y la alfombra.

A la hora de cenar, el mayordomo les sirvió la comida en el imponente comedor negro. A la señora Morales le costó cenar rodeada de un ambiente tan lúgubre, pero su marido se frotaba las manos pensando en el negocio que había hecho.

Cuando se fue a dormir, la esposa cerró con llave la puerta de su dormitorio, al igual que la de sus hijos. No le gustaba en absoluto el aspecto tan fúnebre del mayordomo.

En mitad de la noche empezaron a oírse voces lejanas que sonaban como llantos y risitas histéricas.

Por la mañana, los tres hermanos decidieron investigar un poco el desván. Era una maravilla, con todos sus tesoros escondidos en viejos baúles polvorientos. Los chicos se disfrazaron con sombreros y ropa de antaño. Mientras se divertían probándose unas altas botas de mosquetero, una antigua mecedora que se encontraba en un rincón empezó a balancearse sola.

FRÁGIL

—¿Quién anda ahí? —preguntó el mayor con voz temblorosa.

Nadie contestó. De pronto la puerta de un antiguo ropero dio un tremendo portazo. Los tres niños se quedaron petrificados del susto. Querían irse de aquel lugar pero el miedo no les dejaba moverse. Una sombra oscura se deslizaba por la pared.

—¡Socorro! —gritaron los tres hermanos a coro.

Los padres oyeron los gritos de sus hijos y subieron los escalones de cuatro en cuatro.

Intentaron abrir el desván pero estaba cerrado con llave desde el interior.

Los chicos hicieron lo mismo pero no había manera. A los pobres les sangraban los nudillos de aporrear la puerta para que los sacaran de allí.

Entonces la madre sintió que alguien la miraba fijamente a sus espaldas. Cuando giró la cabeza soltó un grito aterrador.

Un monstruo de más de dos metros, con la cara tan blanca como la nieve y unos colmillos largos y afilados que le asomaban entre los labios, se acercaba poco a poco a ella.

La mujer se sacó del escote una cruz de oro y se la tendió con manos temblorosas al vampiro. Éste retrocedió y lanzó un aullido silbante.

En ese
instante, el
señor Morales
consiguió entrar y
rescatar a sus hijos.
Toda la familia bajó las
escaleras como si les persiguiera
la mismísima muerte. Salieron de
la mansión y no pararon de correr
hasta llegar al pueblo más cercano.
Nunca volvieron para recoger sus cosas.

Un día, el señor Morales estaba desayunando y ojeando el periódico. Vio un anuncio que llamó su atención. Los vellos se le pusieron de punta y casi se atraganta cuando leyó:

«Preciosa mansión amueblada de principios del siglo diecinueve. Seis dormitorios. Tres baños modernos. Cocina. Mayordomo. Garaje y piscina. Precio muy económico».

BRUJAS Y MÁS BRUJAS

Pedro y Cora vivían con su madre en una pequeña casita de piedra en la linde de un frondoso bosque.

Pedro acababa de cumplir once años y su hermana era dos años menor que él.

Eran unos niños bastante traviesos. Su madre a menudo se enfadaba con ellos, gritándoles que recogieran su ropa o que se lavaran las manos antes de comer. Pero ellos hacían oídos sordos a los gritos de su madre.

La pobre mujer tenía que trabajar lejos de casa y el dinero que ganaba era bien poco. Era viuda y apenas tenía tiempo para educar a sus hijos.

Cierto día, los hermanos decidieron adentrarse en el bosque. Sabían que su madre les había prohibido jugar más allá del jardín de casa, pero el misterio que rodeaba el interior del bosque les atraía irresistiblemente.

Al principio todo era muy agradable: los pájaros cantaban, los insectos hacían oír sus zumbidos y el sol atravesaba la copa de los árboles con sus rayos.

Al cabo de varias horas de correr y jugar al escondite, Cora se sentía muy cansada y sedienta.

—Quiero volver a casa —dijo con tono lastimero—. Tengo sed y me duelen los pies.

—Está bien —contestó su hermano—, pero antes voy a recoger unas cuantas fresas salvajes para el postre de esta noche. ¡Ayúdame!

Sin darse cuenta, se fueron metiendo cada vez más en el bosque.

A lo lejos se oyó aullar a unos lobos. Cora empezó a lloriquear asustada y Pedro se sentía muy intranquilo.

Cuando decidieron volver, no recordaban por dónde habían venido.

Cogieron un camino que serpenteaba entre unos robles centenarios. Empezaron a oír el murmullo de unas voces. Como no sabían si eran ladrones o simplemente leñadores, decidieron esconderse detrás de unos matorrales y averiguar quién estaba cantando.

Se acercaron todo lo que pudieron sin ser vistos. Pero, al comprobar que era un grupo de diez o doce mujeres, a cuál más fea, decidieron permanecer ocultos un rato más.

Eran brujas que provenían de muchos lugares del mundo y se habían reunido para festejar la llegada de la primavera.

Los dos hermanos se dieron cuenta de que era un aquelarre. Cuando la más vieja de todas empezó a recitar una especie de maleficio, removiendo con un enorme cucharón algo que se estaba cociendo al fuego, cada una de las hechiceras fue echando al caldero por turno un puñado de hierba o unos cuantos insectos. Un espeso humo amarillo salía de allí y las brujas estaban cada vez más excitadas. Saltaban y bailaban gritando extraños conjuros.

Lo que no sabían los niños es que a aquella reunión asistían: Baba Yaga, la bruja rusa que vivía en una casa con patas de gallina; Aicha Kandicha, la bruja marroquí que viajaba en alfombra; el hada Carabosse, la malvada hada francesa con una joroba en la espalda; Stregа Nonna, la bruja italiana; tres o cuatro meigas de Galicia; y otras muchas venidas del norte de Europa. Cada una acompañada por su gato, su sapo o cualquier otra mascota.

Cuando la fiesta llegó a su máximo apogeo, uno de los gatos empezó a olfatear el aire. Se fue acercando cada vez más al matorral donde se escondían los niños y, al descubrirlos, empezó a maullar con todo el pelaje erizado. Las hechiceras dejaron de cantar y una de las meigas llegó volando sobre una vieja escoba.

—¡Niños, niños! Aquí hay niños —gritó mirando a las demás.

—¡Atrapadlos!

Los hermanos temblaban de miedo pero seguían sin moverse de su escondite.

Unas manos con uñas como garras tiraron de ellos por los pelos y los llevaron arrastrando hasta el centro de la reunión.

—¡Hermanas! —dijo la malvada bruja vieja—. Esta noche cenaremos niño en salsa. Hace mucho que no como un bocado tan exquisito.

Todas se frotaban las manos y saltaban regocijándose. Llevaron a los críos al fondo de una cueva y les ataron las manos con viejas cuerdas.

—¡Nosferatu, quédate aquí y vigila que no escapen! —le dijo una de ellas al gato.

—Nos los comeremos y con sus huesos haremos bálsamo volador —reían las brujas.

Los pobres niños lloraban abrazados, arrepentidos de no haber hecho caso a su madre.

—¿Cómo escaparemos de aquí? —preguntó Cora entre hipidos de llanto.

—No lo sé, pero ya se me ocurrirá algo, no te preocupes.

Pedro intentaba animar a su hermana, a pesar del miedo que sentía.

—Creo que tengo una idea —dijo el niño—. ¡Eh, eh, señoras!

Al oír los gritos, una joven bruja con una enorme verruga llena de pelos se acercó a la cueva.

—¿Qué queréis? ¡No nos interrumpáis!

—Señora, perdone que la moleste, pero es que nuestros hermanos pequeños se han perdido en el bosque esta mañana y le prometimos a nuestra madre que los encontraríamos. Pueden ustedes ir a buscarlos, por favor. Espero que los lobos no se los hayan comido todavía.

Cuando la bruja se fue a contar a las demás que había más niños en el bosque, todas saltaron de júbilo.

—Es para que se vayan todas y así aprovechemos para escapar —explicó Pedro a su hermana.

—¡Pero si estamos atados! —gimió la niña.

—Voy a frotar las cuerdas contra esa roca; parece que el borde está afilado y quizás consiga soltarme.

Al cabo de media hora, estaban libres. Colocaron un puñado de hierba de valeriana delante de la puerta de la casa de Baba Yaga para atraer al gato y huyeron sigilosamente del lugar. Pero antes, la niña cogió todas las escobas voladoras y las echó al fuego.

—Así no podrán seguirnos —aseguró—. ¡Vamos!

Los niños corrieron en sentido contrario al que habían tomado las brujas. Llegaron al borde de unos acantilados.

—Tendremos que saltar al agua. El río parece profundo. No nos pasará nada —trató de tranquilizar Pedro a su hermana.

—Pero está muy alto —gritó Cora.

—No temas, dame la mano y yo te ayudaré. A la de tres saltamos. Es la única salida. ¡Una, dos y tres...!

Los niños saltaron y pudieron alcanzar la orilla. Estuvieron andando hasta llegar a una carretera. Allí un leñador los encontró y los llevó de vuelta a su casa.

Esta historia toca a su fin. Pensaréis que los niños ya están sanos y salvos por siempre jamás y que comieron perdices y fueron felices. Pues no. Una vez que una bruja ha olisqueado a un niño, no se olvida ya de su olor. Esté donde esté le buscará y no parará hasta dar con él...

EL ABOMINABLE HOMBRE DE LAS NIEVES

Los niños saltaron del autobús escolar gritando de alegría. Era la primera vez que iban de campamento a la montaña. La estación de esquí estaba aún vacía. Había caído mucha nieve y algunas pistas estaban cerradas para los principiantes.

Cuando todos terminaron de deshacer sus maletas, los profesores llamaron a reunión para dar las recomendaciones de rigor.

Por la mañana, después del desayuno, todos los niños siguieron a sus monitores hacia los telesillas.

Después de una hora de caídas, Jaime, Adolfo y Javi, apodados «el trío infernal» por los profesores, decidieron que ya estaban hartos de tanto esquiar.

Sin que nadie se percatara, los chicos quisieron volverse al hotel.

Unos feos nubarrones acudieron en tropel y taparon en pocos minutos el sol.

—Llevamos mucho tiempo andando y no hemos visto ni rastro del hotel, yo ya no noto mis manos —dijo Adolfo.

Los chicos se sentían muy cansados y el frío les estaba congelando las piernas.

—Creo que nos hemos perdido —se lamentó Jaime.

Un viento helado que les cortaba la cara empezó a soplar. Cuando creían desfallecer, distinguieron la silueta de un refugio en la ladera de la montaña; era casi de noche.

Empujaron la puerta de madera y entraron los tres a la vez.

La casita era muy sencilla: una mesa y cuatro sillas. Una cocina muy elemental con dos fuegos y dos bombonas de gas. En unas estanterías encontraron todo lo necesario para una comida de emergencia. Dentro de un pequeño arcón había media docena de mantas de lana muy basta.

—¡Mirad, aquí hay una caja llena de caramelos de miel!, mis preferidos —gritó Javi.

Los muchachos comieron galletas y prepararon un poco de chocolate caliente. Sacaron las mantas y se taparon con ellas, pues el aire gélido de la tarde se colaba por las ranuras de las paredes.

Fuera, la tormenta de nieve azotaba con saña el refugio.

De pronto, oyeron unos tremendos gruñidos que les helaron la sangre.

—¿Qué ha sido eso? —tartamudeó Javi lívido.

—Será el viento —intentó tranquilizarle Jaime.

Pero la puerta de la cabaña, que los niños habían atrancado con una de las sillas, empezó a crujir bajo unos fuertes golpes del exterior.

Los chicos temblaban de miedo.

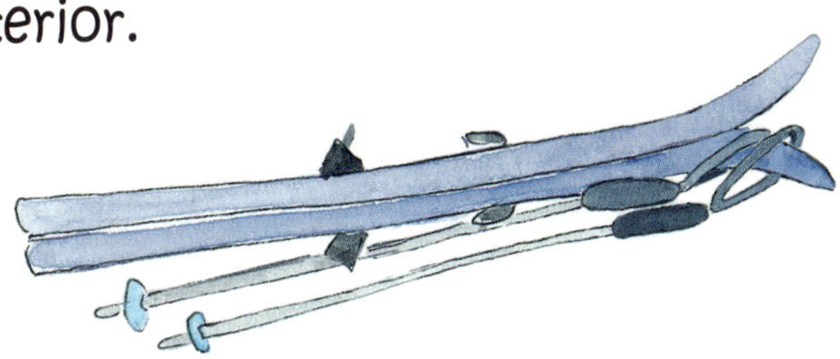

Una fuerza descomunal logró arrancar la puerta de cuajo y una silueta enorme y peluda, de más de dos metros, se plantó delante.

—¡EL ABOMINABLE HOMBRE DE LAS NIEVES! —gritaron a la vez.

Tenía dos piernas muy cortas y unos largos brazos que le llegaban por debajo de las rodillas. Su cabeza parecía un huevo de Pascua y apenas si se le distinguían dos ojillos marrones entre la mata de pelo.

Entró y fue directo hacia la caja de caramelos de miel. Los chicos se quedaron petrificados, no movían ni un solo músculo.

La imponente criatura los miró y les enseñó sus fauces, rugiendo como si fuera un león.

La caja estaba vacía y eso enfureció al monstruo. Éste la aplastó con sus velludas manazas y la tiró contra la pared.

Se giró hacia los chicos con gesto amenazador. A Javi se le ocurrió ofrecerle los caramelos que aún no se había comido.

El hombre de las nieves agarró con su pata unas cuantas chucherías y se las tragó de golpe.

Con manos temblorosas, los otros dos amigos ofrecieron también sus caramelos.

El monstruo lanzó un aullido descomunal que hizo temblar las paredes del refugio y una de las vigas de madera cayó sobre su cabeza.

El hombre de las nieves se desplomó y quedó allí conmocionado y sangrando tremendamente.

Los tres amigos se miraron estupefactos.

—¿Y ahora qué hacemos? —preguntó Adolfo—. Se morirá si no cortamos la hemorragia.

Los chicos rebuscaron en el refugio gasas y alcohol para curarlo. Encontraron lo necesario en un cajón y con mucho cuidado le lavaron la herida y le pusieron apósitos sujetándolos con la bufanda roja de Jaime.

Cuando el abominable hombre de las nieves despertó, salió dando tumbos, adentrándose en la espesura del bosque.

—Nadie nos va a creer cuando contemos lo que ha ocurrido —sentenció Adolfo.

—Será mejor que guardemos el secreto —propuso Javi.

—Sí, ¿pero cómo explicaremos lo de la puerta? —preguntó Adolfo.

—El viento huracanado la arrancó —dijo Jaime.

Este último corrió fuera y observó hacia dónde se dirigían las pisadas del monstruo.

—¡Chicos! Esto sólo acaba de empezar, tenemos toda la semana para hacer otra excursión… ¡Tengo que recuperar mi bufanda!

Los componentes del trío infernal se miraron entre sí y asintieron con una pícara sonrisa en los labios, mientras a lo lejos un diminuto punto rojo se perdía entre los árboles.

Índice